植物考

仲田有里

思潮社

カバー作品＝渡辺里紗
装幀＝思潮社装幀室

植物考

I　バス

土産

何も言うことがない日は
五十音を
唱える

私が行きたい場所は、
私がいる場所

隣で満月を見上げるのは
世界のお土産

共同生活

あの人の疲れた顔を見た時、
生温かかった共同生活の感覚が
甦りました

コップを片付ける
スプーンを片付ける
眠たい時には寝る

日々は淡々と過ぎて行くだろうと
思っていたけれど
そしてそうなることに
恐怖を感じていたけれど
やはり私は人間で、
感情が湧く

ＴＶ

ＴＶの、
日本を
縮小サイズにして
全体が写るようにして、
空から日本を
見たようにして、
周辺の国と一緒に
写している

天気予報図では、
海岸の方へ
台風がやってきます
庭のバケツに
重しをしてください

車

彼と駅で待ち合わせをして、
彼が乗ってきた車でドライブをする。
彼の車は古くて小さくて白い。
彼は駅の周りを２回まわる。
それは間違えて。

千年に一度の猛暑ではなくて
良かったその年。

私の口から出る言葉。

自販機でジュースをそれぞれ
買って飲む。

私は彼を私の役に立つか立たないか点検する。
それは私の中の喜びではない。

何枚かの葉っぱが
先端に詰まってしまって
出てこられないような不安に
大抵の人は傷つかないけれど
彼が

手や足の先のようなものが
切れるように痛んだのなら
可愛そうに思う

予定

真っ黒い飲み物はコーヒー
みかんの房から漏れ出るのは
透明な汁

朝起きて、
仕事に行って、
腸は動いている

過去の私が決めた予定は全て消化しない

バス

あの人の話を聞きに
行く日は
前の日から
気温が低くて
その日も、四月なのに
セーターを出して
着た

朝から油の取りすぎで。
バスを乗り逃がし。
それは近づきすぎたせいで

チョコレートスコーンを好きだった
記憶はあるけれど
今は食べない

帰りは雨で
ずぶ濡れで
ずぶ濡れなのは見られたくない
あなたには見られたい

Ⅱ　レモンスカッシュ

鍋

大きい鍋にくんだ水
地面に流れるが、

何もかもが途中

そして、
公園の木々と石
街灯が輝いているのは

水のせい

空は、濃い青
向こうから自転車に
乗った人々がやってくる

街

私はあなたと
10分話してもいいし、
2時間話してもいいし、
10年話してもいい
それが可能だし、許されている

人生に行き詰ったら
死んだらいいという

考えが存在している

夜になると街に街に、
灯りがともる

ラーメン屋に、
街灯に、
芝生の上に。

マニキュア

マニキュアの光りと
マニキュアの輝き

魚が泳ぐ
台所、
台所のほこり
油が切れている

カーテンは変わり、
葉っぱは焼かれた

もう何年も
居座っていた
ままのものに
中々さよならできなくて、
さよならできないのが
節理なのか、
今日も開けた一日が始まる

松

ありふれた
よくある歌ではなくて、
それはあなたの声で歌う

世界にたった一つは
無数にあり、
地球に生きる
松ぼっくりは茶色

眼

あなたが私の眼を開いた
とも言えるし、あるいは
私が自分で開いた、

水が潤っていく
石の
甕のようなものに

ぱっくり開いた傷口の横で、
気持ちが
潤っていく

ブラジャーが干してある
私のベランダに

レモンスカッシュ

驚くことは
突然起こる
毎日コーヒーを飲んでいたあなたが、
ハイビスカスティーを注文する。
それは私が
いつも飲んでいたもの

私とあなたの間には

何人もの人がいる
無数に

色目を使う女の人、それは私、
あそこにも色目を使う女の人、それも私

ただ、色目を使わない日常が
想像できない
隠れてキスしても
隠れて何しても
何も言われないし、
寧ろ推奨されている

飲み会で、
職場で、
ベランダで、

私は気がつかなかった

夏になるとレモンスカッシュが飲みたくなるけれど、
夏が来る

Ⅲ
雨

台湾、雨

いつかどこかで見たような、
街
ぐんぐんと伸びる街路樹
原付の走り去るスピード。
ビルの壁
分きざみで変わる、雨が降り落ちる量
生ものも、火を通したものも
屋台に並べられ、

もし彼が台北に住んだら、
人生をあっという間に感じるだろう

ツツジ

みんなで住むようになって、
川の桜が咲いたとか、
コスモス祭りに行こうとか、
ハナミズキが根付かないとか
私はモクレンは好きだけど
花の名前はよく知らない

花びらが付いていて

散歩の途中に
私もツツジやすずらんを
見たりする

公園の隣の
ツツジは4色で
私はアパートで
蜜を吸ったことはあったけど
ツツジは透明で
白をまた見たい

本

花びんに花がささっている
洗濯物を干した
ご飯を食べたい
夜ご飯を食べないまま
早く明日になってほしい
パソコンを片付ける
コンセントを抜く
鉢植えを買った

トイレの掃除をする
カレンダーを見る
お母さんがいなくなる
本を読む
洗濯物を取り込む
雨が降る
ほうじ茶を入れる
水を飲む
本を読む
本を読みたい
時計を気にしたくない
気づいたら何時間も経っていてほしい

荒野

かつて
荒野があって、
そこでは幾度かの殺人と、
何百万回かの自死、
空は真っ青、
すぐ隣には
美しい庭がある。

また別の場所には、
深い森。
そこはもっと体の奥深く、
強い雨と、
強い風、
降り続く雨と
やまない雨

花

花が熱望されていると思って
それに応えるために
毎日夢中で
花を咲かせた

百合や
薔薇を咲かせた

西瓜の種が
土に落ちて
芽が出て
水をやって
花が咲いた

咲いたら咲きっぱなしで
私は花がそんなに好きじゃないので

時間が過ぎていくのを
眺めたりして

真っ赤な薔薇の

花束を作って
私はただ手に持って

Ⅳ 植物考

植物考

仕事の帰り、
街灯が葉っぱを緑に
照らしている。
こういうものを見るために
私は生きている

植物が生きているというのは、
それは雨の夜によく分かる。

例えば雨のベランダで。
ベランダで植物を
育てている。
私のお皿越しに
見える植物。

壁

ある仄暗い
スペースの中に、
ひどく埃や塵の溜まった場所があって、
その場所はそうであることが当たり前だったので、
長い間そのままだったけれど、
そのスペースをこれから使おうと思い
壁を
拭いたら

埃や塵が取れて、
壁は透明。
向こう側にあるのは
植物

紅茶

むせて、
本に吐き出した
紅茶
そのままにしておいたら、
乾く

そこここにいる人と、

わたし、
何も考えないで。
そこここにいる人と
わたし。と
あの人
考えを宙に浮かべたまま、
触らないで、
初めての駅に
降り立つと、
広い駐車場

電気

あの人が
伸ばした手が
そこに触れたので
2人とも
感電しました
2人とも
さっと離れました

ピリッとして、
電気は
どこかへ行った
またどこかでそれに
触るのか、
分かりません

あるいは
その電気が、
まだ2人の間にあるのか、
それとも2人から
離れたのか、
分かりません

V

夢

頭

みかんの汁がしたたるように
一歩が雨になる
ここに花を飾る

田舎へ帰って夜も寝ないで歩き回る
一ヵ月たったら
あなたに会いに行く

頭が開いて
私は水を飲む
頭が開いて開いて

背骨に水が通る
あなたの友達が発見した
すばらしい人になるための方法

私もあなたと同じ
すばらしい人になりたい
脳みその隙間に水を注ぐ
背骨を水が通って
膀胱にたまって

おしっこがたくさん出る

私の体は女ですけど
大丈夫でした
膀胱に水が行って
おしっこになってたくさん出ました

道端にキャミソールを捨てて
つばを吐く

信じるということをしようと思って
私の頭の中の
あなたを信じる

あなたがほめてくれるような気がして
お店でかかっている歌で
あなたがほめてくれているような気がして

雨

頭から花の香りをさせながら
夜中に人とすれ違う

あなたと私がひっくり返って
地面の裏側にあなたがいる

夢を見ない
お茶を飲む

夜にいる子供になる

太陽が照っていて
暑くて

自動販売機でコーヒーを買う
私が頭から出そうで

つなぎとめる
コーヒーを飲む
親子丼をお店に入って頼む

冷たい雨が降る

友達が迎えに来る
1階に降りて戸を開ける
夜中に私が歩くとき
一歩が雨になりますように

夢

世界の
たくさんの人が、
胸の奥の奥の奥の奥の奥に
隠し持っている
野望
あるいは、夢

本人も

存在に気付かないような、
夢

叶うと、
熱い涙が
こぼれるような
夢

きゅうり

夢に誰かが出てくる
目を覚ますと
花がある

布団の上で
きゅうりを食べる
汁がのどを通る
包みを破って

チョコレートも食べる
梨も食べる
きゅうりにマヨネーズをつける

この世の悲しみを
体の中に吸い取って
げっぷやおならで浄化したい

未来

歩いていて
胸の中で
大きな泥のような
芋虫のようなものが
寝返りをうつので
私は胸が痛い

私は菓子パンを買って

霞のように食べる
未来を見たくて
頭が痛くなる

Ⅵ　メモ

歩道橋

歩道橋の、
雨に濡れた
コンクリートの
階段、

後ろから来た女子高生に、
目新しいことを
教わる。

吐く息はきれい

おじさん

おじさんの肩と
あの人の手に
水滴

一つは雨つぶ
一つは水道水

火口

火口でおしっこをする
山並みはきれい
私は思ったことを言うということを
思いつかなくて
思ったままで
もうそこから100キロも
離れてしまった

川

美しいせっけん置きを買ってきて
お風呂場においたらさみしい
自分で選んだものは悲しいと思う

自分で選んだ仕事場に
一日いたら
どこへ行けるだろう

川の場所も
デパートの場所も変わらない所へ行く
お金でいけない場所に
私は本当は行きたいと思う

青森

時々モミの木みたいなのと
笹
ピンクの花
前の人のつむじ

遠くに一つだけ雪をかぶった山
空が大きい青森
屋根に雪が降るのを待っている

私

私は私を取りこぼしていこう
毎日取りこぼそう

Ⅶ 動物

うさぎ

うさぎは朝、目を覚ました。うさぎは起き上がり、顔を手でごしごしこすった。そして腕と脚を大きく伸ばして、全身の伸びをした。水を飲んで、外の気配を感じると、うさぎは、今日は野いちごを採りに行くことにした。そして、外へ飛び出した。

どのあたりに野いちごが生っているかうさぎは知っているので、そこに向かってけもの道をぐんぐん進んでいった。野いちごがたくさん生えている場所につくと、うさぎは赤くなっている実だけを選んで食べた。満足して、もうそろそろ帰ろうとしていると、パタパタという音がした。それは、木の上の方からした。うさぎが見上げると小さなムクドリがチュンチュンと動き回りながらヤマモモの実を食べていた。うさぎは高い所を見上げると、日射しが目に入ってまぶしかった。ムクドリが地上の方へ下りてきた。うさぎに気が付かずに地面に落ちた実を動き回りながら食べていた。少し離れた所でムクドリの様子をうかがっていたうさぎが、カサカサと落ち葉を踏んで音を立てると、ムクドリはうさぎに気が付いた。木の枝へ飛びうつった。うさぎは驚かせないように声をかけた。「朝ごはんを食べに来たの？　わたしも今朝はここの野いちごを食べに来たよ」。ムクドリは「そうだよ」と言った。ムクドリはもうヤマモモの実を食べるのをやめて、木の上からうさぎを見ていた。そしてふっとどこかへ飛び立っていった。さて、うさぎも帰っていった。

鳥

鳥が一生懸命、空を飛んでいました。もうすぐ雷がやってくるのです。遠くでゴロゴロという音が聞こえます。鳥は巣穴に向かってまっしぐらに飛んでいます。見渡すと仲間の鳥たちもそれぞれの巣穴に向かって急いで飛んでいました。

ようやく巣穴が見えてきました。トスッと鳥は巣穴に飛び込み、ホッとため息をつきました。すると急にゴロゴロという音が大きくなりました。鳥は巣穴の奥に逃げ込みました。

空の上から、突然、ドッカーンという大きな音がしました。続けてピカリと光って、またドカドカドカーというもっと大きな音がしました。

雷が本格的になってきました。

雨もポツポツと降りはじめ、すぐにザーザーと降りはじめました。

「あ〜あ、今日はお昼から出かける予定だったのに」

鳥は外を眺めながらつぶやきました。

空は厚い雲に覆われて、雨はしばらく続きそうです。鳥は毎週体操教室を楽しみにしていて、今日はその日だったのです。

午後もまだ激しい雨は降り続いていました。本当ならもう出かけないといけない時間です。でも雨がひどいので出かけられそうにありません。

「こんな雨だと今日は教室にいけないな」

仕方なく鳥は今日はお休みすることにしました。

鳥たちの世界には電話がないので、鳥は教室に連絡はしません。きっと、教室の窓の外も今ごろザーザー降りです。

傷ついたライオン

とぼとぼとどこかからやってきたライオンは、傷だらけでした。たてがみはふさふさとたくさん生えているけれど、泥のようなもので所々束になったりして、ぼろぼろに汚れていました。体にもいたるところに傷があり、深いのやら浅いのやらいろいろありましたが、歩けないほどではありませんでした。そして笑えないほどでもありませんでした。

ライオンはがおーと吠えるだけで、みんなが話す言葉を知りませんでした。だけど優しい心を持っていたし、友達を作る心も持っていました。ライオンはリスや象など、気の合うものと友達になっていきました。しかし、ライオンは言葉が分からないので、うまくいかないこともたくさんありました。傷があったので少し触れられるだけで痛くて、泣いてしまうこともありました。怒ることもありました。一年がたつ頃には、傷はだんだんと良くなってきました。その間にライオンは寝床を引っ越ししたりもしました。二年たつ頃には、傷はもっと良くなっていきました。気遣ってくれる動物たちもいました。三年がたつ頃、ライオンは、がおーと言って話し合える仲間の元に帰りたくなりました。ライオンは帰っていきました。

目次

略歴

一九八一年愛媛県生まれ。

二〇一七年、歌集『マヨネーズ』（思潮社オンデマンド）。

植物考《しょくぶつこう》

著者
仲田有里《なかたゆり》
発行者
小田久郎
発行所
株式会社思潮社
〒一六二―〇八四二　東京都新宿区市谷砂土原町三―十五
電話〇三（三二六七）八一五三（営業）・八一四一（編集）
FAX〇三（三二六七）八一四二
印刷・製本所
三報社印刷株式会社
発行日
二〇一九年七月二十日